(tiré à 50 exemplaires)

NOELZ.

NOELZ

PAR LE CONTE D'ALSINOYS.

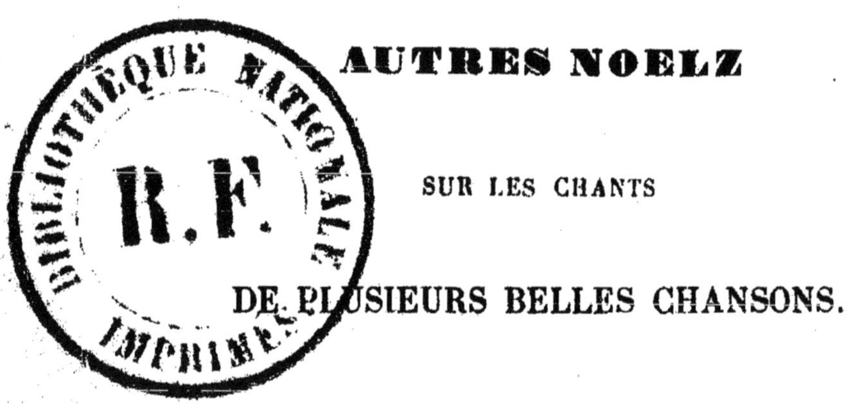

AUTRES NOELZ

SUR LES CHANTS

DE PLUSIEURS BELLES CHANSONS.

ON LES VEND

AU MANS, CHEZ A. LANIER,

IMPRIMEUR-LIBRAIRE.

1847

1848

Tiré à 50 exemplaires.

N°.

Les Noelz que nous offrons aujour-
d'hui aux amateurs de notre vieille litté-
rature, sont l'œuvre de Nicolas Denisot.
Ce poëte, qui fut au XVIe siècle, une des
gloires de la province du Maine, s'est
caché ici, comme dans la plupart de ses
autres ouvrages, sous le pseudonyme
diaphane de Conte d'Alsinoys. Denisot
profita d'une rencontre fortuite d'Anagramme, pour se créer un comté tout

imaginaire et suivit cette mode puérile, fort répandue alors, de déguiser son véritable nom dans les replis d'un nom transposé. Daurat avait, des premiers, fait connaître dans notre langue l'Anagramme tombée aujourd'hui en désuétude, après avoir été illustrée par François Rabelais, Etienne Tabourot, Noël du Fail, Guillaume des Autelz, Hierosme d'Avost, et bien d'autres. L'Anagramme, il y a de cela une centaine d'années, disparut écrasée sous cette épigramme adressée par le bon Guillaume Colletet à Gilles Menage :

> J'aime mieux sans comparaison,
> Menage, tirer à la rame,
> Que d'aller chercher la raison
> Dans les replis d'un Anagramme.
> Cet exercice monacal
> Ne trouve son point vertical
> Que dans une tête blessée,
> Et, sur Parnasse, nous tenons

> Que tous ces renverseurs de noms,
> Ont la cervelle renversée.

Les Noelz de Denisot sont, il faut l'avouer, parfois obscurs, mais ils présentent çà et là quelques traits heureux, quelques touches vives ou naïves, qui font que ces petits poèmes sont loin d'être dénués d'un certain charme. Ils furent, au reste, fort goûtés à l'époque où ils parurent, et nul autre recueil de cantiques sacrés n'obtint, que nous sachions, un succès semblable Il est presque impossible de trouver aujourd'hui des exemplaires bien conservés de l'édition originale : c'est tout au plus s'il est permis de dire, avec vérité :

> Il en est jusqu'à trois, que je pourrois citer !

Nous pensons donc que cette réimpression, faite avec un soin excessif, sera favorablement reçue et prendra place dans les cabinets des bibliophiles à côté des livrets du même genre mis au jour précédemment. Nous avons, afin de rendre notre publication plus ample et surtout plus intéressante, réimprimé à la suite des cantiques du Conte d'ALSINOYS, d'autres NOELZ SUR LES CHANTS DE PLUSIEURS BELLES CHANSONS NOUVELLES. Ces dernières pièces sont également d'une extrême rareté, et nous ont paru mériter pareillement l'attention. Si notre espoir n'est pas trompé, si les amateurs daignent prendre en gré cette curiosité bibliographique, nous leur offrirons certainement plus tard diverses autres petites pièces *rarissimes*, conservées en éditions anciennes, dans la bibliothèque du Mans.

A. L.

Octobre 1847.

NOELZ

PAR LE CONTE D'ALSINOYS,

PRESENTEZ

A MADEMOISELLE SA VALENTINE.

—

S'ENSUYT

LE NOM DES CHANSONS.

—

NOELZ SUR :

O combien est heureuse.

—

Mon Pere aussi ma mere.

—

Les Bouffons.

—

(N'est-il pas bien ayse le pauvre Briandois.)

—

Et tant plus ie luy disoye que sa Commere i'estoye.

—

Dame scauriez vous congnoistre que ce peult estre.

—

Ie porteray les blanches patenostres.

—

Comment il m'y faut vng seruant.

—

Amy ie ne veulx plus aymer.

—

Ie suis grise voirement.

DIZAIN AU DETRACTEUR

PAR LE CONTE D'ALSINOYS.

A ma tres belle et gente Valentine,
Et non a aultre, ay faict ce peu d'ouvrage;
Tu me diras (ô langue serpentine)
Ce sont Noelz et Chants pour tout potage :
Je le veulx bien, mais c'est bien davantage,
Car en cela JESV CHRIST est loué
Et celle la, aussi m'a aduoué
(En les chantant de sa voix argentine)
Celle a qui suis, du tout en tout voué,
C'est ma tres belle et gente Valentine.

CHANSON DE NOEL

O combien est heureuse
La peine de celer
Une flamme amoureuse
Qui faict deux cueurs brusler
Dont chascun d'eulx s'attend
Estre bien tost content.

ARGUMENT SUR L'EUANGILLE

Missus est Angelus.   Luc. j.

O Combien fut heureuse
La vierge quand receut
Ceste voix amoureuse
Dont tost apres conceut
Par oeuure supernel
Le filz de l'Eternel.

La puissance ineffable
A monstré par effect
Vng mystere admirable

Quant vng corps a parfaict
Parfaict en Deité,
Prenant humanité.

La pucelle excellente
En ses flancs precieux
Celuy qui la regente
En terre et mer et cieulx
Et sur tout element
La porte humainement.

Doncques Marie est faicte
Mere de Christ vray Dieu
Et la loy est refaicte
Ou rigueur n'a plus lieu ;
Grace par ses efforts
La poulse et mect dehors.

L'Ange de hault parage
Ayant auctorité
Luy a faict le message
Et luy a recité :
Ce mot tant gracieux :
Aue, Royne des Cieulx.

Aue, seulle oultrepasse

En generation
Pleine de toute grace
Ayant perfection
Dieu le veult reseruer
Et pour bien conseruer.

Luy hault seigneur et maistre
Qui contient tout en soy
Ta veue tant adextre
Qui est espris de toy
De toy prend vng baiser
Se voulant appaiser.

Tu es la plus heureuse
Qui fut onc et sera :
Tu es fleur precieuse
Dont vng fruict sortira
Maulgré l'aer vicieux
Fruict sur tous precieux.

La vierge humble et benigne
Fut pensiue pour lors
Et s'estimant indigne
Fut troublée en son corps
Ayant sans fiction
Modeste affection.

Ne doubte point Marie
Mais estime combien
Dieu qui tout seigneurie
Te veult faire de bien :
Car tu as aujourd'huy
Grace trouuée en luy.

Tu as donc trouué grace
Grace en don gracieux
En ceste terre basse
Procedante des Cieulx
Et vient du Createur
Sur tout dominateur.

Ta grace est souueraine
Ayant tousiours vigueur :
Ta grace est la fontaine
Dont procede liqueur :
De goust tres sauoureux
Dieu en est amoureux.

Vela et sans demeure
Maintenant concepueras
Au temps prefix et heure,
Vierge l'enfenteras :

Jesus sera nommé
De Dieu bien aymé.

Il aura la puissance
De Dauid son affin
Et tousiours ioyssance
De son regne sans fin :
·C'est eternellement
Lassus au firmament.

Comment ce peult faire
Puisque homme n'ay cogneu
Et que i'entends parfaire
Du tout en tout mon veu ,
Et en integrité
Garder Virginité?

Si doncques ie suis forte ,
Et maintiens ce vouloir
Dy moy en quelle sorte
Je pourray concepuoir
Et comment ce sera
Que cela se fera?

L'esprit sainct immuable
Viendra par dessus toy

Par mystere admirable,
Ainsi oultre la loy
Sera par toy receu
Du sainct esprit conceu.

Doncques Marie estime
Non par commixtion,
Mais par presence intime
Ceste incarnation :
Filz de toy sera faict
Enfant beau et parfaict.

Tu luy es preparée
Habitacle auiourd'huy
Et seras obumbrée
Par la vertu de luy :
Telle est sa volunté
Sa puissance et bonté.

Doncques Vierge amyable
Le fruict qui prouiendra
De toy tant acceptable
Vng chascun le tiendra
Tousiours et en tout lieu
Le filz aymé de Dieu.

Et mesmes ta parente
Ainsi que tu as sceu
En vieillesse apparente
Vng Enfant a conceu,
Sterille fut deuant ;
Foecunde est maintenant.

Son dire est infaillible
Car tout soubdain est faict.
Et rien n'est impossible
Enuers luy seul parfaict :
Entends Marie et croy
Ce qu'il te dit par moy.

Ceste oraison parfaicte,
Marie respondit :
Sa volunte soit faicte
Ainsi que tu m'as dit :
Serue suis et seray,
De luy tant que viuray.

Lors el fut obumbrée
Par admiration :
En elle tant aymée
Print incarnation,
Jesus puissant et fort

Nostre seul reconfort.

   Comme de sa nature
Le soleil au matin
Perce sans ouverture
Le voirre cristalin
Et ne sent fraction
Aulcune ou lesion ;

   Tout ainsi le verbe entre
Tant precieux et cher
Dedans le sacré ventre
Et soubdain est faict chair :
Nous l'auons trestous veu
Et sa gloire cogneu.

   Ceste lumiere munde
Et vraye a esclarcy
Tout homme de ce monde
Par vil peché noircy
Et de ses rayons fors
Met toute nuyct dehors.

   O plus que heureuse mere
A l'heure que tu veis
La puissance du pere

La puissance du fils
L'ardeur du sainct Esprit
Lors quel fut ton esprit?
AMEN.

CHANSON DE NOEL

SUR

Mon pere aussi ma mere
M'ont laisse sans amy :
De ma volunte seulle.

ARGUMENT SUR LE CANTIQUE DE

La Vierge : Magnificat.   Luc. j.

Reueille toy fidelle,
Chante vers gracieux
Composez par la belle
Mere du roy des Cieulx ;

Ceste vierge benigne
Doulcement les chanta,
Quant sa chere cousine
Seullette visita.

A chanter nous convie
Et resiouyr aussi
Quant d'esprit fut ravie

Chantant ces mots ainsi :

Mon ame magnifie
Le seigneur tout puissant
Et en luy seul se fie
Dont tout bien est yssant.

Par sa bonne asseurance
Mon esprit tout en soy
A eu reiouyssance
En dieu salut de moy.

Sur son humble servante
A iecté ses deux yeulx
Dont toute ame viuante
Me benist en tous lieux.

Si grace incomparable
M'a faict vng tres grant bien
Son sainct nom fauorable
A tousiours sera mien :

Et la misericorde
Et pitié d'iceluy
Humainement s'acorde
Vers tous craintifz de luy.

Vertu et force est mise
Sur son bras merueilleux
Pour rompre l'entreprise
De tout homme orgueilleux.

Le fol a faict descendre
Du lieu de dignité
Et a l'humble a faict prendre
Le lieu d'auctorité.

A l'affligé sans cesse
Donne biens plantureux
Et oste la richesse
Au riche malheureux.

Records de sa clemence
Israel a receu
Son Enfant d'excellence
Qui par grace est conceu.

Ainsi fut sa promesse
Au grand pere Abraham
Et a tous siens sans cesse
Jusques au dernier an.

AMEN.

CHANSON DE NOEL

SUR LE CHANT DES BOUFFONS.

Ne pensez pas vous aultres
Amoureux que comme vous
Ie soye langoureux
Car ie suis plus ayse
La veoir resiouyr
Ou qnant ic la baise
Que vous de iouyr.

N'es tu pas bien ayse
  Peuple d'Israel,
Jesu Christ te baise
Chante donc Noel.

Misericorde
Auecques Verité
Paix et Concorde
Ont faict solemnité
D'ung diuin mistere
Qui veult appaiser
L'erreur du grand pere

Par vng doulx baiser.

Le fils de Dieu
Personne en trinité
Vient en ce lieu
Pour prendre humanité,
Parquoy il fault croire
Croire entierement
Que c'est nostre gloire
Nostre sauluement.

Amour luy faict
Mesler diuinité
Pour le forfaict
De nostre iniquité :
Nature en souffrance
Prens contentement,
Tu as deliurance
De ton grief tourment.

Le Paranimphe
A desia visité
La belle nimphe
Et luy a recité :
Aue, gracieuse
Fille du grand roy,

Sur toutes heureuse
Car dieu est en toy :

En toy celuy
Prend incarnation
Qui tient en luy
Toute perfection :
C'est le roy de gloire
Qui veult triompher
Et auoir victoire
Du maling d'enfer.

Bien cinq mil ans
Peres ont attendu
Et languissantz
Le bien ont pretendu
Qui vient aparoistre
Ce iour de Noel :
Car le Christ veult naistre
D'ung corps virginel.

Droit a mysnuict
La vierge a enfanté ;
Toute la nuict
Les anges ont chanté :
Gloire supernelle

Soit aux cieulx luysantz;
Paix vniuerselle
Soit a tous venants.

    Puis du hault lieu
Par l'eternel edit
Tout au meilleu
L'Ange vient et leur dit :
Laissez brebis paistre,
Voyez l'Enfant beau
Le seigneur et maistre
De vostre troupeau.

    Car ie vous dy,
Vostre pasteur est nay
C'est auiourd'huy
Qu'ung filz vous est donné;
C'est le vray messie
Roy du firmament
Dont la prophetie
Chante plainement.

    Pasteurs gentilz ,
Prenez tous reconfort ,
Grandz et petitz
Mettez vous en effort

De chansons rustiques
Dont estes scauantz
Ou quelques cantiques
Mettez en auant.

Toute victoire
Est en son bras puissant
Et si a gloire
Sur le loup rauissant :
Donc bergeres franches
De lauriers tous verds
Portez luy des branches
Pour aorner son bers.

Sur cet instant,
Les pasteurs ont veillé
Joyeusement
Sans auoir sommeillé
Dedans la prayrie
Pres de leurs aigneaulx
Menans rusterie
Chantant chantz nouueaulx.

D'une violle
Oyant doulce chanson
Je m'en rigolle

En approchant au son,
Dessoubz ung grant chesne
Jaquette en iouoit
Et pres d'ung beau fresne
Janneton dancoit.

Perrot s'en vint
A nous de cueur ioyeux
Et luy souuint
De l'Ange gracieux :
Voyons la commere
C'est bien la raison
Faisons lui priere
De doulce oraison.

Chascun s'esbat
Par curiosité,
Faire ung sabat
Et par ioyeuseté :
Voicy dist Eustace
De la venaison
Qu'ay pris à la chasse
Pour ma garnison.

Marchons le pas :
C'est par trop arresté

Tout nostre cas
Est tant bien apresté :
Dy moy, goulle noire,
Viendras tu o nous
Pour nous faire boire .
Et enyurer tous?

Voicy le lieu
Le lieu bien reluisant
Ou nostre Dieu
Est sur le foing gisant :
O grande lumiere
Oeuure supernel,
Verite entiere
Du Dieu eternel.

Voicy trois Roys
En habitz sumptueux
Par grand arroys
Venus de diuers lieux
Ont faict diligence
De leurs beaux présentz
Faire obéissance
D'Or, Myrrhe, et Encens.

Nous le prirons

Selon nostre debuoir
Et supplirons
Qu'ung iour nous puissions veoir
Sa gloire infinie
Au trosne des cieulx
Apres ceste vie
Des terres tres lieux.

AMEM.

CHANSON DE NOEL

SUR

𝕰t tant plus ie luy disoye
𝕼ue sa commere i'estoye
𝕰t tant plus tant plus. etc.

Celuy qui a tout effect,   (Bis.)
Et qui tout de rien a faict   (Bis.)
En Marie a couuerture
En elle prend nourriture
Luy qui est surtout parfaict
Nous est frere par nature
Luy qui est surtout parfaict
En Marie est homme faict.
Et tant plus tant plus tant plus
Nous implorerons sa grace
Et tant plus tant plus tant plus
Grace aurons et du surplus.

C'est vng corps substanciel   (Bis.)
Qui est descendu du ciel   (Bis.)
En vng vaisseau d'excellence

Pour amortir ignorance
Par le dit de l'Eternel
Et nous donner asseurance
Par le dit de l'Eternel
A ce sainct iour de Noel.
Et tant plus tant plus tant plus
Nous implorerons sa grace
Dont tant plus tant plus tant plus
Grace aurons et du surplus.

Selon qu'il fut decreté   (Bis.)
En la saincte Trinité   (Bis.)
Au iour dict fut apperceue
Marie seulle receue
Pour conioindre humanité
Du consolateur yssue
Pour conioindre humanité
Auec la Divinité.
Dont tant plus tant plus tant plus
Nous implorerons sa grace
Et tant plus tant plus tant plus
Grace aurons et du surplus.

C'est nostre saluation   (Bis.)
Et nostre redemption   (Bis.)
Car l'Ange du hault empire

A Marie a voulu dire
Du seigneur l'affection
Voulant nature reduyre
Du seigneur l'affection
Prenant Incarnation.
Dont tant plus tant plus tant plus
Nous implorerons sa grace
Et tant plus tant plus tant plus
Grace aurons et du surplus.

Sans feu, sans lict, sans drapeaulx (Bis.)
Entre les deux animaulx   (Bis.)
A minuyt Jesus enfante :
L'Ange du ciel en l'aer chante
Et l'annonce aux pastoureaulx
En ceste nuyt reluysante
Et l'annonce aux pastoureaulx
Gardans brebis et aigneaulx.
Dont tant plus tant plus tant plus
Nous implorerons sa grace
Et tant plus tant plus tant plus
Grace aurons et du surplus.

Pasteur ainsi que l'entends   (Bis.)
Chante chansons en ce temps   (Bis.)
C'est ce que l'Enfant desire

Ouyr chanter et bien dire :
Demenez tous passetemps
Je suys cy pour vous conduyre
Demenez tous passetemps
Tous les cieulx en sont contens.
Car tant plus tant plus tant plus
Vous implorerez sa grace
Et tant plus tant plus tant plus
Grace aurez et du surplus.

  Au lieu ou l'Enfant est nay   (Bis)
Comme il estoit ordonné   (Bis)
Les pasteurs soubdain allerent
En la creische le trouuerent
Et apres auoir sonné
Reueremment l'adorerent
Et apres auoir sonné
Beaulx presens luy ont donné.
Dont tant plus tant plus tant plus
Vous implorerez sa grace
Et tant plus tant plus tant plus
Grace aurez et du surplus.

  Je vous dy que cest Enfant   (bis)
De mort sera triumphant   (Bis)
Or faisons luy donc priere

D'oraison pure et entiere
Le priant deuotement
Que soyons soubz sa banniere
Le priant deuotement
C'est lassus au firmament.
Et tant plus tant plus tant plus
Nous implorerons sa grace
Et tant plus tant plus tant plus
Grace aurons et du surplus.
    Amen.

CHANSON DE NOEL

SUR

Dame scauriez vous congnoistre
Las que puisse estre?
Dame donnez a congnoistre
Que ce peult estre.

Qvant les Peres ont congneu
Et les Prophetes preueu
Cest que depuis auons veu,
L'Enfant qui de toy vient naistre :
Las que peult ce estre ?
Dame donnez a congnoistre
Que ce peult estre.

Moyse fut en regardant
Ses brebis seul regardant   Exo. 3.
Le buysson de feu ardent
Et la Dieu se voulut mettre :
Las que peult ce estre ?
Dame scauriez vous congnoistre
Que ce peult estre.

D'une vierge fut yssant
Vng bouton, et florissant
A rendu un fruyct puissant   Num. 17.
C'est la verge du grand prebstre :
Las que peult ce estre ?
 Dame donnez a congnoistre
 Que ce peult estre.

Ce que les peres ont dit
Et les Prophetes predit
Auiourd'huy sans contredit
Vient en toy, vierge, aparoistre :
Las que peult ce estre?
 Dame donnez a congnoistre
 Que ce peult estre.

Car en ta virginité
Le second en Trinité
Enfante en humanité
Comme il a voulu permettre :
Las que peult ce estre?
 Dame donnez a congnoistre
 Que ce peult estre.

Doncques tu l'as enfanté

Les Anges en ont chanté
Et nous ont admounesté
La paix faicte en ce bas estre :
Las que peult ce estre ?
  Dame donnez a congnoistre
  Que ce peult estre.

 Pasteurs ont abandonné
Leurs trouppeaulx, et ont sonné
Tant que l'aer a resonné,
Et toute forest siluestre :
Las que peult ce estre ?
  Dame scauriez vous congnoistre
  Que ce peult estre.

 Auec eulx est arriué
Le gras chapon gros creué
Et tres bien si est trouué
Il ne voulait que repaistre :
Las que peult ce estre ?
  Dame donnez a congnoistre
  Que ce peult estre.

 Les trois Roys l'ont adoré,
Et sa grace ont imploré
Et tous trois l'ont adoré

Comme leur seigneur et maistre :
Las que peult ce estre?
   Dame donnez a congnoistre
   Que ce peult estre.

   Chascun face son debuoir
De contempler et scauoir
Ce qu'il nous faict assauoir
Quant noz pechez veult remettre :
Las que peult ce estre?
   Dame donnez a congnoistre
   Que ce peult estre.
   AMEN.

NOEL

SUR

𝔇e porterai les blanches patenostres.
Comme bigotte.

De franc vouloir nous chanterons de celle
Entiere et belle
En qui Jesus a prins humanité
Et qui demeure en sa virginité
Mere de Dieu tres humble iouuencelle
Entiere et belle :

De tous les Cieulx le tresor est en elle
Entière et belle.
C'est celle la en qui l'Eternité,
C'est assauoir la sainte Trinité,
S'est alliée en amour mutuelle
Entiere et belle.

Ce diuin faict, c'est chose bien nouuelle
Entiere et belle,
Par maint Prophete auoit este dicté,

Ce que depuis a este recité
Par Gabriel luy portant la nouuelle
Entiere et belle :

Ave, luy dist, pas ne fault que le celle
Entiere et belle,
Le filz de Dieu s'en vient en verité
Pour te donner nom de maternité
Te faisant mere et nourrice et pucelle
Entiere et belle.

Mere de Dieu ie te puis dire telle
Entiere et belle :
Dedans neuf moys tu auras enfanté
Le seigneur Dieu et pucelle alaicté
Humainement de ta propre mamelle
Entiere et belle.

Or est le iour et feste solennelle,
Entiere et belle,
Le iour heureux de sa natiuité
Ce iour nous met hors de captiuité,
Et nous promet a tous vie eternelle
Entiere et belle.

D'ou vient cela que l'Essence immortelle,

Entiere et belle
Veult auiourd'huy prendre mortalité ?
C'est pour porter de tous l'iniquité
En vne croix mise sur son esselle
Entiere et belle.

    Prions les tous celle la qui precelle,
Entiere et belle
Les sainctz de Dieu en pleine infinité
Qu'ayons la paix: puis la diuinité
Auec son filz en la ioye eternelle
Entière et belle.
       Amen.

NOEL

SUR

Chantons tous ie vous en prie
En ce temps deuoticux
   Chantons vng chant glorieux
Delaissons melencolye :
   Chantons.

   Car la princesse des Cieulx
Produyt L'Enfant precieux
Le digne et sainct fruyct de vie :
   Chantons.

   Dessus l'Aspid venimeux
Et Basilic maculeux
Sa puissance embellye
   Chantons.

   Le Dracon est souffreteux

Le Lyon baisse les yeulx
Par ceste Vierge Marie :
    Chantons.

Càr ce iourd'huy tant heureux
A produyt le Dieu des Dieux
Ainsi le certifie :
    Chantons.

Anges en l'aer gracieux
En leurs chantz armonieux
Ont gringoté leur partie :
    Chantons.

Et les pasteurs curieux
Veoir l'Enfant delicieux
Sont sortis de la prarye :
    Chantons.

Je m'en allay auec eulx
En menant de cueur ioyeux
Ma Valentine iolye :
    Chantons.

Par œuure miraculeux
Trois Roys sont de diuers lieux

Venuz en cette partie :
Chantons

Prions le Dieu vertueux
Et misericordieux
Qu'ayons sa gloire infinie.
Amen.

NOEL

SUR LE CHANT

Commère il m'y fault vng seruant
Qui sache bien tout faire.

Bergere, esleuons nostre esprit
En cest auant de Jesu Christ
   A chose salutaire,
Bergere, Bergere, Bergere,
A chose salutaire.   *Bergere.*

   Bergere, n'entendez vous pas
Que le filz de Dieu vient en bas
En ce val de misere ?   *Bergere.*

   Bergere, c'est le sainct Daulphin
Qui met a noz pechez la fin
Pour la faulte premiere.   *Bergere.*

   Bergere, la vierge a conceu
Et a du sainct Esprit receu
Le filz aymé du pere.   *Bergere.*

Bergere, et puis l'a enfanté
Et de sa mamelle alaicté
Vierge nourrice et mere.   Bergere.

Bergere, par montz et par vaulx
L'Ange denonce aux pastoureaulx,
Au ciel estre la gloire.   Bergere.

Bergere, et puis nous a chanté
Qu'a tous de bonne volunté
La paix estoit planiere.   Bergere.

Bergere, tous en vng monceau
Vont veoir l'Enfant nay de nouueau
Et aussi la commere.   Bergere.

Bergere, Jaquette iouoit
De sa viole, et si louoyt
Ce tant diuin mystere.   Bergere.

Bergere, voicy les trois Roys
Auec le conte d'Alsinoys
Qui porte la banniere.   Bergere.

Bergere, tous ensemblement

Nous prirons tres humblement
Luy qui est la lumiere,   Bergere.

Que nous ayons de noz pechez
Desquels nous sommes empeschez
Remission entiere.   Bergere.
     AMEN.

NOEL

SUR

Amy ie ne veulx plus aymer.

L e sainct Esprit venu du pere
   Faict que Marie et vierge et mere
Enfante sans corruption
Jesus nostre redemption.

  Nature prends resiouyssance
Tu es ce iour hors de soüffrance
Car en toy prends subiection
Jesus nostre Redemption.

  Dauid en iouant de sa harpe
Richement pendue en escharpe ,
En a faict quelque mention
De Dieu nostre Redemption.

  Les sainctz Prophetes autenticques
En ont faict Carmes et Cantiques,

Sachantz bien la permission
De Dieu nostre Redemption.

  Marie a receu la nouuelle
Et sent le fruyct qui est en elle
Par diuine obumbration,
C'est Dieu nostre Redemption.

  Marie a tousiours voulu taire
Le faict de ce diuin mystere
Touchant ceste incarnation
De Dieu nostre redemption.

  Vierge heureuse en ceste nuict clere
Du monde la vraye lumiere
As enfanté sans fraction
Jesus nostre Redemption.

  Tous les Cieulx en font resonnance
Les Anges chantent a plaisance
En toute jubilation
Car c'est nostre Redemption.

  Les pasteurs en diligence,
Faire luy vont obeissance
Auecques humble affection;

Car c'est nostre redemption.

Les trois Roys comme Dieu l'adorent,
Et comme Roy apres l'honnorent
Tous trois d'estrange region,
Car c'est nostre Redemption.

Prions le d'oraison parfaicte,
Qu'en son sainct Paradis nous mette ;
C'est toute nostre intention ,
Jesus nostre redemption.
AMEN.

Cy finissent les Noelz nouveaulx composez par le CONTE D'ALSINOYS pour l'an mil cinq cens quarante-cinq.

AUTRES NOELZ

SUR LES CHANTZ

CY APRES DECLAREZ.

———

NOELZ SUR :

Gabbeleurs d'Yngrande.

—

Ce gui m'est deu et ordonne.

—

Nous irons nous tousiours coucher sans chandelle,
sans lanterne.

—

C'est a la fin voy tu bien que ie l'ayme.

—

La vigile d'un dimanche.

CHANT DE NOEL

SUR

Gabbeleurs d'Yngrande.

Chantons Noel puis que Dieu le commande
La nuict et le iour
L'Emanuel est né que l'on demande :
Chascun de nous y entende
Par feruent amour.

Messieurs du Mans,
Chascun luy face offrande
La nuict et le iour
Affin que honneur gloyre et los on luy rende :
Chascun de nous y entende
Par feruent amour.

De sainct Julian
Iront en belle bende
La nuict et le iour
Et luy feront reuerence tres grande :
Chascun de nous y entende

Par feruent amour.

De sainct Vincent
Viendront sans qu'on les mande
La nuict et le iour
Portans boucquetz
De laurier et lauende:
Chascun de nous y entende
Par feruent amour.

Sainct Pierre ira
Ou poyra grosse amende
La nuict et le iour
Et porteront a plains platz de viande:
Chascun de nous y entende
Par feruent amour.

De sainct Paduin
Bergere en houppelande
La nuict et le iour
Fera present de toille de Holande :
Chascun de nous y entende
Par feruent amour.

Les Gourdaynoys
Sans que a eulx on descende

La nuict et le iour
Apporteront eaulx sans qu'on les attende :
Chascun de nous y entende
Par feruent amour.

De sainct Benoist
Par grand troppe marchande
La nuict et le iour
Luy offriront de leurs cuirs une bende :
Chascun de nous y entende
Par feruent amour.

Ceulx de sainct Jehan
En bende bien friande
La nuict et le iour
Porteront vin
A pleins potz de Garlande :
Chascun de nous y entende
Par feruent amour.

Culturiens par facxon fort gallande
La nuict et le iour
N'auront aulcuns biens que lors on n'estende :
Chascun de nous y entende
Par fervent amour.

Sainct Nycolas ne fault que s'en deffende
La nuict et le iour
Mays portera la mauuiz et calende :
Chascun de nous y entende
Par feruent amour.

Les Pontlieuoys chanteront pour la lande
La nuict et le iour
Si tres si fort que toute teste en fende :
Chascun de nous y entende
Par feruent amour.

Venez trestous que le gibbet s'en pende
La nuict et le iour
A l'aduenir et que chascun s'admende :
Chascun de nous y entende
Par feruent amour.

Prions l'Enfant
Que a nous se condescende
La nuict et le iour
Et soyons mys
Des sainctz en la legende :
Chascun de nous y entende
Par feruent amour,
                AMEN.

CHANT DE NOEL

SUR LA CHANSON

L euans noz cueurs au Dieu du ciel
Manceaulx, prenons esiouyssance
Par l'aduent de l'Emmanuel
Dont en auons la congnoissance,
Aussi du lieu de sa naissance
Et comme en la terre habita,
Vainquit la mort par sa puissance   (bis)
Et le tiers iour ressusista.

Ceste saincte natiuité
Les Anges du ciel annoncerent
Aux pastoureaulx de la cité
Qui promptement tous y allerent,
Es herbaiges brebis laisserent,
Moutons, cheurettes et aigneaulx
Et ensemble tous l'adorerent   (bis)

En luy offrant de beaulx ioyaulx.

Les elemens ont tout congneu
Ceste saincte et digne naissance,
Le firmament en fut esmeu,
La terre par grand desmonstrance
Produict fleur et fruict de plaisance,
La mer fut calme, et ses ruisseaux,
Les bestes qui n'ont souuenance   (bis)
Le congneurent et les oyseaulx.

De Dieu il fut preordonné
Deuant le ciel la terre monde,
Et a la fin a nous donné
Pour punir le peché immonde;
Luy qui estoit nect pur et monde
Comme Dieu son pere immortel,
Par grace que de luy redonde,   (bis)
Pour nous s'est faict homme mortel.

Manceaulx, deuotz soyons records,
Par charité vers nous espresse,
Comme nous a baillé son corps
Et baille encor soubz ceste espece
De pain; car la foy nous compresse
Croyre que luy qui tout contient

Contenu y est et sans presse   (bis)
Comme saincte Eglise le tient.

  Prions Jesus deuotement
Et sa digne mere de grace
Qu'a la mort et au iugement
De noz pechez pardon nous face
Et notamment tous les efface
Tant que purgez soyons et sains
Et dignes de le veoir en face   (bis)
En Paradis avec les saincts.
          AMEN.

NOEL

SUR LE CHANT

Nous deburions   Noel chanter
    Chansonnette   Nouuellette
A gringuelot de pucellette
Nous deburions Noel chanter
Tout cest Aduent apres souper.

    Gabriel fut le messaiger
Dont nous debuons Noel chanter
Du ciel transmys pour annoncer
Chansonnette   Qui nous haicte
A Marie vierge pucelette
Qu'en son ventre debuoit porter
Le filz Dieu pour nous rachapter.
    Nous deburions   Noel chanter etc.

    Quant Marie voulut enfanter
Dont nous debuons Noel chanter

Logis ne purent onc trouuer
En tauerne   Et liuerne
Soufflant du cousté de galerne
La contraignit s'aller coucher
En vne estable sans souper.
  Nous deburions   Noel chanter etc.

  A minuict sans peine endurer
Dont nous debuons Noel chanter
Vierge produict son Enfant cher
Sans chandelle   Sans lanterne
Sans auoir nul qui la gouuerne
Fors que Ioseph qui mist coucher
En la craiche son Enfant cher.
  Nous deburions   Noel chanter etc.

  Gabriel le vint annoncer
Dont nous debuons Noel chanter
Aux pasteurs qui n'estoient couchez
Faisant vueille   Sus l'oueille
Qui soubdain ont leué l'oreille
Laissant les moutons a garder
Ils sont acouruz sans tarder.
  Nous deburions   Noel chanter etc.

  Chascun deuoir feist d'y porter

Dont nous debuons Noel chanter
Pour la mere reconforter
Des galettes   Tartelettes
Noyz, poyres, pommes et noysettes
Bon vin plain baril et picher
Que Ioseph tenoit le plus cher.
     Nous deburions   Noel chanter etc.

Troys Roys d'un pays bien etranger
Dont nous debuons Noel chanter
En Bethleem se sont rengez
De bon zelle   Sans querelle
D'or, Myrrhe, Encens a kyrielle
Presenterent et du plus cher
Au Roy des Roys filz de Dieu cher.
     Nous deburions   Noel chanter etc.

Les bons pasteurs conuient chanter
Dont nous debuons Noel chanter
Et les Roys sans nous exempter
De bien faire   Et retraire
Lutheriens qui veullent braire
Et soubz la cheminée prescher
Contre le vray que tenons cher.
     Nous deburions   Noel chanter etc.

Nous prirons mere et Enfant cher
Dont nous debuons Noel chanter
Que puissions tant faire et chanter
En ce monde   Viel immonde
Ou peril et danger abonde
Que puissions lassus sans cesser
En Paradis Noel chanter.
    Nous deburions   Noel chanter
Chansonnette   Nouuellette
A gringuelot de pucellette
Nous deburions Noel chanter
Tout cest Aduent apres souper.

    AMEN.

NOEL

SUR LE CHANT

C'est a la fin voy tu bien que l'ayme
Chantons a fin de Noel qu'il nous aime
Il nous ayme bien si l'aymons bien et de cueur fin.

Viencza Robin t'en dors tu la?   (bis)
  J'escoute ce Rossignol la
      Jen chante la
Oncques n'ouy
Si iolys par mon ame :
C'est vng trihory
De gorgery   Et du plus fin,
  Chantons a fin de Noel qu'il nous ayme
Il nous ayme bien sil l'aymons bien et de cueur fin.

  Entens tu bien ce qu'il dict la   (bis)
C'est gringuelot de menu fa
Escoute va   C'est Gabriel
Du hault ciel

C'est vng Ange
C'est de Paradis
Lassus assis   Vng seraphin.
    Chantons a fin etc

    Esbahys suys de ce chant la   (bis)
Onc trompette mieulx ne sonna
Ne resonna
Escoutons bien
S'il dict rien
Qu'il nous serue
Pour garder brebis
Et nos amis   De ce lutin.
    Chantons a fin etc.

    Il parle du vray Messias   (bis)
Qu'on dict de prophetes vng tas :
Ne faict il pas ?   Il la chante
Qu'il est né
D'une vierge
Et gist sans berceau
Deuant vng veau
Jusques au matin.
    Chantons a fin etc.

    Onc n'ouy si merueilleux cas   (bis)

Allons y véoir : ne m'en croy pas
Ne viens tu pas ?　　　Courons le trot
Prens Margot
Et Perrette
Portons ce qu'il fault
Et froid et chault
Pour vng festin.
　　　　Chantons a fin etc.

Thenot est cheut vng si grand sault
Dedens ce grenoillis la hault
Que sans Jacquault　　Qui l'a retiré
Detiré　　　　　　　Par l'oreille
Il eust grenouillé
Et patrouillé
Jusque au matin.
　　　　Chantons a fin etc.

O vierge ne t'esbahis pas　　　　　(bis)
De veoir des bergers si grand tas
Joye et soulas :　　Te presentons
Et donnons
Pour estraine
Chascun vng present
Petit et gent
Et de cueur fin.

Chantons a fin etc.

L'Enfant petit n'oublions pas   (bis)
D'affiches il aura tas
Pour ses esbatz :   Vng flageollet
Vng iouet a sonnettes
Vne saincturotte
Bauerotte   Et vng beguyn.
          Chantons a fin etc.

Prenez en gré nos petits dons   (bis)
Congie d'aller a noz moutons
Nous demandons
O mere et filz
Noz brebiz
Chair et laine
Garde des larrons
Et des griffons   Et des lutins.
          Chantons etc.

Peuple Manczoys n'oublîez pas   (bis)
D'aller prier hault et bas
Sans nulz desbatz
A cest Noel de bon vueil
Filz et mere
Qu'ayons Paradis

Et noz amys   A nostre fin
  Chantons afin de Noel qu'il nous ayme
Il nous ayme bien sil l'aymons bien et de cueur fin.
            AMEN.

NOEL

SUR LA VIGILE D'UN DIMANCHE.

Manceaulx, prenons Esperance
 Qu'un iour serons tous amys,
Plus n'aurons dueil ne souffrance
Malgré tous noz ennemys :
Dieu nous mis
A pleine deliurance
Chantons Noel a sa naissance.

 En Bethleem sans doubtance
Jesus print natiuité,
Fuyant d'orgueil l'accointance
Humblement s'est inuité :
Humilité   (bis)
Donne bien a congnoistre
Quant sur du feing il voulut naistre.

 Aux pasteurs de vigilance
Pauures viuans simplement
Gabriel en diligence

Annuncza premierement
L'aduenement   (bis)
De Jesus vray prophete,
Chantant que la paix estoit faicte.

    Promptement d'une aliance
Partirent ioyeusement,
Trouuerent sans defaillance
L'Enfant nay certainement ;
Deuotement   (bis)
De bon cueur l'adorerent,
Puis a leurs moutons retournerent.

    Apres les Roys de prudence
A le veoir furent presens
Et misrent en euidence
 Deuant luy troys beaulx presens,
Or, Myrrhe, Encens :   (bis)
L'estoille delectable
Les conduysit iusque a l'estable.

    Herodes remply d'enuye
Dist et manda par escript
Oster aux enfans la vie
Cuidant occir Jesu Christ
Et contraignit   (bis)

L'Enfant laisser son giste
Et de la fuyr iusque en Egipte.

Prions diuine puissance
Le Roy des Roys immortel
Nous preseruer de nuysance
Et de l'ennemy mortel.
AMEN : Noel :   (bis)
Jesu Christ par sa grace
De noz pechez pardon nous face.
          AMEN.

Cy finissent les Noelz nouueaux : Et furent acheuez de reimprimer au Mans par Lanier imprimeur iuré le xe iour du moys d'octobre l'an mil huyt cens quarante et sept.